Norbert Scheurig

und

Stella Steinmann di Santo

Die Prinzessin
und der Fischer

Titelbild (gemeinfrei) aus Wikimedia Commons
von Myriam Thynes

Fantastische Geschichte

Herstellung und Verlag: BoD - Books on Demand, Norderstedt
ISBN 978-3-7448-2308-1

Einst in den alten Zeiten, als Rom noch ein Dorf war, lebten auf einer wunderschönen Insel die man heute Sizilien nennt, drei friedliche Volksgruppen namens Sikeler, Sikaner und Elymer in Wohlstand und Frieden. Ihr König war Liborio Santo der mit seiner Frau Giovanna gerecht über dieses Paradies regierte. Als ihre Tochter Stella geboren wurde, war das Glück der königlichen Familie vollkommen. Ihr Haus stand am Lago di Pergusa, das vom Urvater Etna und seinem Zorn immer verschont wurde. Doch es kam die Zeit als Schiffe mit Kriegern, aus einem fernen Land am Strand des Paradieses anlegten und mit ihrer überlegenen Kriegsmacht die Insel eroberte!

Danach war nichts mehr wie es einst war!

Der Tag an dem sich alles veränderte.

Voller innerer Unruhe wälzt sich Norberto Marino, von Freunden nur Nobo genannt, auf seinem harten Nachtlager.
Etwas ist anders als sonst! Seine innere Stimme ruft immer wieder, immer lauter:

„ Steh auf Nobo, steh auf"

Diesem Gefühl folgend begibt er sich noch völlig schlaftrunken zum Fenster seiner sehr, sehr alten Fischerhütte, die schon vor langer Zeit von seinem Vater als Unterkunft benutzt wurde. Schemenhaft erkennt er Schiffe von denen Beiboote mit schwerbewaffneten Männern zu Wasser gelassen werden. Nobo ist plötzlich hellwach, er packt einige getrocknete Fische und Brot in eine Tasche und macht sich auf den beschwerlichen Weg um die Bewohner seines Heimatdorfes sowie alle anderen Menschen des Inselparadieses zu warnen. Unterwegs bemerkt er das helle Leuchten ihres Vulkans Etna, der auch Feuerberg genannt wird.

Bild: William Turner 1738 – 1806

Einige Zeit später erreicht er das Dorf in dem er geboren wurde. Nobo weckt sofort alle Bewohner, berichtet was er gesehen hat. Er rät ihnen in das Landesinnere zu fliehen. Viele der alten, auch seine Eltern sprechen folgende Worte. Lieber Norberto, all ihr Mädels und Jungs, gemeinsam müsst ihr euren Weg gehen, versucht euer junges Leben zu retten. Wir sind alt, hier geboren, hier gelebt und sind bereit hier zu sterben! Geht ihr gemeinsam zu unserem König Liborio Santo und zu seiner Frau Giovanna, warnt sie und ihre liebe Tochter Stella, vor dem Unheil das bald auf alle Bewohner unserer Insel zukommt. Helft ihnen von ihrem Haus am Lago di Pergusa, zuerst nach Messana zu kommen, sprecht mit meinem Bruder Ernesto der euch gerne und schnell hilft mit Booten, zu unseren Freunden nach Calabrien zu fliehen.

Danach geht in die Sila Berge wo auch ich vor vielen Jahren Unterschlupf vor meinen Feinden gefunden habe! Dort seid ihr vor den Feinden zumindest einige Zeit sicher. Irgendwann sehen wir uns wieder, vielleicht schon bald.

Vater Etna (Bild: Creativ Commons. Jörgsam)

Nobos Freunde, Salvatore, Dominic, Giorgio,
Toto, Juliano, die Freundinnen Melinda, Malou,
Ana, Emilia und alle Kinder des Dorfes begeben
sich auf den beschwerlichen Weg zum Lago di
Pergusa. Auf einer kleinen Anhöhe bleiben alle
stehen und blicken sorgenvoll auf ihr kleines Dorf
zurück. Dann gehen sie schweigend weiter.

In der Ferne ist zu erkennen, dass der Urvater Etna voller Zorn, bis weithin sichtbare gewaltige schwarze Rauchwolken, leuchtend roten Funkenregen und glühende Steinbrocken hoch in den Himmel spuckt.

Salvatore der eigentlich Toni genannt wird und schon oft in das glühende Auge von Vater Etna geblickt hat, ihn als seinen allerbesten Freund bezeichnet sagt mit ehrfürchtiger und doch sehr eindringlicher Stimme :

„Er ist mein Freund, ich kenne ihn gut, er lässt uns nicht allein, er wird irgendwann unser Retter sein"

Nobo antwortet, Toni dein Wort soll uns allen ein Wegweiser sein, um uns, die Kinder und die königliche Familie Santo, die uns viele Jahre ein Leben in Frieden und Freiheit garantiert hat, zu retten. Natürlich verschweigt er, dass er auch an die wunderschöne Prinzessin Stella denkt, die er vor einiger Zeit bei einem Besuch mit ihren Eltern in Syrakus sah. Immer noch hat er ihr Bild vor seinen Augen, das Bild von dem er in vielen einsamen Nächten seiner Fischerhütte träumte.

Er, Nobo der Fischer ist bereit alles zu tun um Stella und ihre Familie in Sicherheit zu bringen. Sollte es auch sein Leben kosten! Norberto Marino ist bereit zum Kampf gegen all jene die seine wunderschöne Heimat, das Leben und die Freiheit der Bewohner bedrohen.

Ihr beschwerlicher Weg führt manchmal durch fast undurchdringliches Dickicht. Doch Dominik hat meist eine Lösung, unwegsame Wege zu umgehen. Um blutende Verletzungen zu vermeiden schlägt er mit seinem, langen, sehr scharfem Messer, im Weg stehende Dornenzweige wie Grashalme ab. Manch mal bleibt er stehen und wischt Schweiß, der in Strömen fließt, mit einem Tuch aus dem Gesicht. Alle nicken ihm ermunternd zu!
Als sie über eine Anhöhe gehen, sehen sie in der Ferne brennende Dörfer das ihren Kampfgeist den Lago di Pergusa und die Königsfamilie Santo schnellstens zu erreichen, über alle Maßen stärkt. Selbst die Kinder haben mittlerweile den Ernst der Lage erkannt und stapfen ohne zu klagen hinterher. Alle sind bereit gemeinsam ihr Leben zu retten.

Melinda und Ana helfen aufopfernd ohne sich über eigene Angst und Schmerzen zu beklagen.

Dann sehen sie ihn, den Lago, die Heimat ihrer Königsfamilie, alle ihre Mühe, ihre Anstrengung haben sich gelohnt. Endlich sind sie da, Endlich etwas ruhen, etwas schlafen. Total übermüdet und manche mit Tränen der Freude und Erleichterung in den Augen.

Lago di Pergusa

Ramos

In diesen Stunden spricht auf dem größten Schiff der feindlichen Neuankömmlinge, Ramos ein entfernter Nachkomme von Fürst Efram, zu seinen Kriegern. Bringt mir die Prinzessin, ich will, ich muss sie haben. Bringt mir Stella.
Bringt mir alle jungen Frauen und Männer, sie werden als Sklaven bei uns willkommen sein. Die alten lasst in ihren armseligen Hütten verdorren. Sie würden mir und dem neuen Reich keinesfalls hilfreich sein. Wir wollen nur die kräftigsten um unsere Ziele zu erreichen

Ramos der Grausame

Alle gehorchen im Wissen, um den Zorn ihres An -
führers. Schnell begeben sie sich in die Beiboote
und rudern zum Strand. Gokdar der bei einem
Kampf sein Bein verlor, humpelt mühsam mit
Krücken hinterher.
Zornig tritt ihm Ramos in den Rücken so, dass er
über Bord fällt und ertrinkt. Einige der Männer
blicken etwas entsetzt zu Ramos, der grinsend mit
seinem Zeigefinger über seinem Hals streicht, alle
wissen was damit gemeint ist.

Am sandigen Strand angelangt teilen sie sich, in
drei Gruppen von etwa einhundert, wilde und
schwerbewaffnete Kampfmannschaften.
Schnell erreicht eine Gruppe, Nobos alte Hütte und
brennt sie nieder. Lachend ziehen sie weiter in
Richtung Dorf in dem die Alten zurück geblieben
sind.
Brutal werden diese aus ihren Häusern getrieben.
Einige der Krieger durchsuchen alle Hütten nach
Jugendlichen, die auf dem Sklavenmarkt
angeboten und verkauft werden sollen. Voller
Enttäuschung, dass alle jungen Dorfbewohner
verschwunden sind, schlagen und treten sie auf die
alten Menschen ein. Nobos Vater und die

restlichen im Dorf verbliebenen Männer wehren sich mit aller Kraft, jedoch erfolglos.

Die grausame Bande des Ramos walzt die mutigen Männer gnadenlos nieder und legt ihr Dorf, das ein Leben lang ihre Heimat war, in Flammen. Kamil der Anführer dieser Suchtruppe lacht und sagt: Allen wird es so ergehen wie euch, wir werden alle und alles vernichten, ihr selbst sollt verdorren wie Gras in der Sonne. Aus vielen Wunden blutend, erhebt sich der Vater von Salvatore und spricht Worte die auf der Insel niemals vergessen werden:

„Du Kamil wirst der erste sein der von unserem Vater Etna vernichtet wird. Du lebst, bist aber bereits tot!"

Kamils überhebliches Lachen verschwindet aus seinem vernarbten und bleicher gewordenem Gesicht! Er ruft, weiter Männer, wir ziehen weiter! Lasst die alten Narren liegen bis sie vermodern. Aber innerlich macht er sich etwas Sorgen das jedoch keiner der Krieger bemerkt. Grölend ziehen sie weiter um weiteren Schrecken und Unheil über die Inselbewohner zu bringen. Doch ein leises aber unheimliches Grollen aus dem Vulkan folgt ihnen.

Dazu steigen aus dem Feuerschlund des Etna dunkle Rauchwolken in den Himmel, als wolle er damit die Worte von Tonis Vater unterstreichen.

Nach einer gemeinsamen Beratung begeben sich die nun Obdachlosen Dorfbewohner zu den von tiefen Höhlen durchzogenen Steilwänden am Meer, die sie in ihrer Jugend bereits erforscht haben und daher gut kennen. Keiner konnte ahnen, dass sie irgendwann im Leben hier ihr Dasein verbringen müssen. Aber lieber ein Leben in Höhlen, als tot.

Durch einen engen Eingang erreichen sie einen großen Höhlenraum in dem seitlich ein Rinnsal mit klarem Süßwasser austritt, das sie in kleinen Behältern auffangen. Nobos Mutter sagt: „Das ist unser Wasser des Lebens" Einige der Männer fangen mit zugespitzen Stöcken Fische die mit Salz, das sie vor den Kriegern verstecken konnten, eingerieben werden. Auch Muscheln und Garnelen sind zur Genüge vorhanden um täglich satt zu werden.

Jedoch sind ihre Gedanken bei den Töchtern und Söhnen für deren Überleben sie täglich bitten

Steilwände mit Höhlen   (Bild Norbert Scheurig)

Auch die beiden anderen Gruppen des Ramos bringen großes Unheil über die friedliebenden Menschen der Insel. Brandschatzend ziehen sie von Dorf zu Dorf und von Haus zu Haus. Ein leises Grollen des Etna begleitet sie, das aber von den Kämpfern des Ramos nicht beachtet wird!

In der Zwischenzeit werden die Tore zum Anwesen der Familie Santo geöffnet und die geflohenen Freunde eingelassen. Nobo berichtet dem König was er gesehen und erlebt hat. Dieser antwortet, es ist Ramos, er will Stella nun mit Gewalt in seinen Harem verbringen. Sie muss mit euch zusammen fliehen. Nehmt dabei auf eurem Weg möglichst alle Kinder und Jugendlichen mit um ihnen eine Versklavung zu ersparen. Erschrocken fragt Toni, Was ist mit euch und eurer Frau? Wir bleiben antwortet Liborio, ja wir bleiben, so wie eure Mütter und Väter geblieben sind. Er will Stella nicht uns. Außerdem sind wir alt, uns fehlt die Kraft für solch eine Reise, wir würden euch nur aufhalten. Wir wollen hier in unserm Hause auf die Bande von Ramos warten um ihnen ins Gesicht zu spucken.

Prinzessin Stella die das gesamte Gespräch mit
gehört hat sagt laut nein, auf keinen Fall bleibt ihr,
er wird euch großes Leid zufügen, er ist nicht wie
wir, er ist ein Mörder. Wir lassen keinen zurück,
sogar wenn wir euch tragen müssen.

Gerade deswegen antwortet Liborio, ihr müsst sehr
schnell sein um Ramos zu entkommen. Sehr, sehr
schnell, denn Ramos kennt viele Wege.

Ich kenne ihn als er vor langer Zeit mit der Hoheit
Fürst Efram aus Tunis bei uns zu Besuch war.
Schon damals war er ein überaus gewaltbereiter
Junge, der Stella schlug weil sie nicht mit ihm
spielen wollte.

Prinzessin Stella als kleines Mädchen

Wir müssen bleiben spricht Giovanna, wie die Eltern von Nobo, Toni und ihren Freunden geblieben sind, denn wir sind ein Teil des Ganzen. Stella erkennt, dass es unmöglich ist ihre Eltern zu überreden, sorgt sich sehr über die Zukunft von Mutter und Vater. Doch sie weiß, dass sie die Meinung der beiden nicht beeinflussen kann!
Sie sagt: „Gehen wir, zuerst nach Calabria dann in die Sila Berge" Beim Abschied von ihren Eltern kann sie aber ihre Tränen nicht zurückhalten!

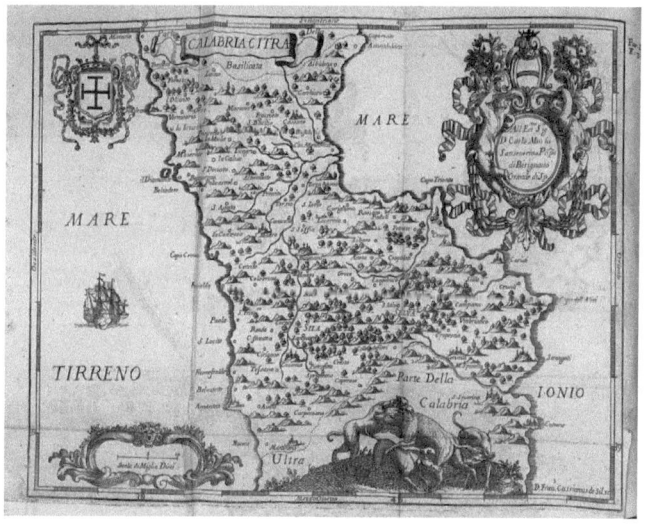

Calabria

Flucht in die Sila Berge.

Nach dem tränenreichen Abschied begeben sich Stella und ihre Begleiter am frühen Morgen auf den Weg nach Messana. (dem heutigen Messina) Ihr beschwerlicher Weg führt vorbei an Dörfern wo Menschen ihr schweißtreibendes Tagwerk vollbringen. Voller Zuversicht und in dem Wissen, viele lange Jahre in Frieden und Freiheit auf ihrer Insel gelebt zu haben.

Als aber Stella und Nobo diese arbeitenden Menschen vor der nun bevor stehenden Gefahr eines sehr schlimmen und eventuell tödlichen Angriff des wahnsinnigen Ramos und seiner Mörderbande warnen, werden all diese sehr nachdenklich.

Viele folgen ihnen um Tod, Sklaverei oder der Gefangenschaft des Ramos und seiner Bande zu entgehen. Nur die Alten bleiben und folgen, dem Beispiel ihres geliebten Königs Santo nach.

In aller Eile werden Jugendliche und Kinder mit Taschen voller Speisen versorgt und mit folgenden Worten und bitterlichem Weinen verabschiedet:

Presto vedremo di nuovo l'un l'altro

(Bald werden wir uns wieder sehen)

In Messana angekommen ist ihre Zahl auf etwa dreihundert Flüchtlinge angewachsen. Sofort begibt sich Nobo zum Bruder seines Vaters, Ernesto Marino und berichtet von der Gefahr die sie bedroht. Sofort handelt Ernesto, verständigt alle Fischer und Bootsbesitzer, die schnell bereit sind zu helfen. In aller Eile wird jedes taugliche Boot zu Wasser gelassen. Die Flüchtlinge werden mit Brot, Olivenöl, getrocknetem Fisch und Wasser versorgt. Noch in der Nacht werden sie mit den Booten der Fischer von Messana zu der Küste von Calabrien gebracht, auch etwa einhundert Jugendliche aus dem Ort Messana! Irgendwann sagt Ernesto dessen Söhne dabei sind, werden wir uns wiedersehen? Dann hoffe ich, gemeinsam und frei auf unserer Insel zu sein. Ramos wird einst für seine Taten bestraft. Ich aber bleibe hier und werde alles tun um diese verdammte Bande zu besiegen. So soll es sein, koste es auch mein Leben!

I *Ernesto Marino giuro di fare di tutto per sconfiggere Ramos*

(Ich, Ernesto Marino, schwöre, alles zu tun, um Ramos zu besiegen)

Müde und etwas erschöpft erreichen alle flüchtenden jungen Frauen, Männer und Kinder wohlbehalten die Küste von Calabrien.
Voller Mut und Tatendrang ziehen sie nach einer Ruhezeit weiter. Nobo und Toni gehen wie immer, allen voraus an erster Stelle. Toni sagt zu seinem Freund Nobo, Ich hätte nie im Leben erwartet, einst mit einem Fischer, viele Menschen vor der Gefangenschaft und Sklaverei des Ramos zu retten Nobo antwortet kurz und trocken: „ich auch nicht" Beide sehen sich an und lachen lauthals, ohne zu wissen um was es ging, lachen alle Flüchtlinge befreit von ihren Sorgen mit.

Als plötzlich Stella die alleinige Führung der flüchtenden übernehmen will, antworten Nobo und Toni, klar dann sage uns in welche Richtung wir gehen liebe Prinzessin, dann folgen wir dir gerne nach, etwas verunsichert gibt sie zur Antwort:

„Ich weiß es leider nicht, nun gut ich vertraue euch" Toni und Nobo grinsen sich an und bestimmen weiterhin den Weg in die sichere Sila-Bergwelt! Ohne zu wissen was nun auf sie und die anderen zukommt.

Ab und zu kommen sie an Gehöften vorbei, werden nach dem erzählen ihres Leidensweges von den Einheimischen mit Ziegenkäse, gutem selbst gebackenem Brot, Oliven und klarem Wasser versorgt. Menschlichkeit und Hilfsbereitschaft sind für die Calabresen nicht nur Worte.

Nach vielen Tagen und Nächten erreichen sie ihr Ziel, jedoch kein Haus, keine Unterkunft nur wunderbare Natur!

Sila Hochebene

Wald nichts als Wald, Felsen und Steine aber auch einige Seen. Hunger wird zum Problem, manche der Kinder beginnen Gras zu essen.

Juliano und Toto werden beauftragt menschliche Anwesen zu suchen. Toni baut Fallen, verwendet Schnüre und Teile seiner Kleidung, gräbt Löcher und bedeckt sie mit Gestrüpp. Mädchen sammeln Beeren und Wurzeln. Überleben ist das Ziel aller. Nobo fängt mit schneller Hand einige Fische aus dem See an dem sie lagern.

Stella sieht, dass auf einem Steilhang, Ziegen grasen, die sofort von einigen jungen Burschen in ihr Lager getrieben und gemolken werden.

Aus der Milch stellen sie mit einfachsten Mitteln Käse her. Samen von Pflanzen werden zerrieben und mit Ziegenmilch sowie mit Eiern, die in Nestern gefunden wurden, vermischt und auf offenem Feuer gebacken. Jeder einzelne hilft, mit seinem erlernten Wissen, zum Überleben aller beizutragen. Sie werden damit zu einer tollen Gemeinschaft das seinesgleichen sucht. Dies soll nachkommenden Generationen ein Beispiel sein, dass ein „WIR" besser ist als ein „ICH"

Viele Tage später kehren Toto und Juliano zurück. Berichten von einem alten Gehöft mit vielen großen Scheunen, in dem Platz für sie alle wäre. Das Haupthaus ist bewohnt von einem netten und sehr freundlichen älteren Ehepaar, das von ihren Söhnen und Töchtern allein gelassen wurde, weil diese die Einsamkeit nicht mehr ertragen konnten. Sofort machen sich alle gemeinsam auf den Weg, verlassen den Sila Piccola um am Sila Grande bessere Lebensgrundlagen zu finden.

Commons:Deutsche Fotothek

An diesem Tag erreicht eine Kriegsmannschaft von Ramos das Anwesen der Königsfanilie. Sofort werden Königin und König unter Androhung von Schlägen verhört. Ihr alter Diener und Freund Gaspare eilt zur Hilfe wird aber brutal zu Boden geschlagen. Peron der Anführer dieser gnadenlosen Bande sagt: „gebt die Prinzessin heraus und wir sind weg"

Die Santos lächeln und antworten, Stella und viele unserer Mädchen und Jungen sind in Sicherheit! Ihr bekommt sie nicht. Nie. Einige der Bande dringen in das Haus ein, durchsuchen alle Zimmer und zerstören danach voller Wut die gesamte Einrichtung. Peron befiehlt seiner Mannschaft, die beiden zu fesseln und es Ramos zu überlassen was mit ihnen geschehen soll. Gaspare sowie zwei anderen im Gehöft der Santos zurückgebliebenen treuen Helfern widerfährt das gleiche Schicksal. Der Marsch zum Meer ist für die Gefangenen wie eine Folterung. Gaspare der manchmal erschöpft zu Boden fällt wird mit Tritten gezwungen weiter zu gehen. Immer wieder erhebt er sich, wünscht allen seinen Peinigern einen schmerzvollen Tod.

Als Liborio seinem alten Diener zur Hilfe eilen will, wird er mit einigen Faustschlägen daran gehindert obwohl er mutig wie ein Löwe gegen die Übermacht kämpft.

Nach der Rückkehr seiner Kampfmannschaften ist Ramos erbost, dass nur einige wenige junge Inselbewohner gefangen wurden. Er tobt wie man es von ihm gewohnt ist. Als er erkennt, dass nicht Stella sondern nur ihre Eltern dabei sind, steigert sich seine Wut ins unendliche.
Jedoch nach kurzem Nachdenken lacht er lauthals, sagt: Sie wird kommen, ich weiß es. Sie ist stur und wird versuchen ihre Eltern zu befreien. Bringt sie und alle anderen unter Deck meines Schiffes und versperrt die Tür. Zu Gaspare sagt er, suche Stella, berichte ihr, dass ich mit Ihren Eltern nach Malta segle und auf sie warte. Sollte sie nicht kommen verkaufe ich ihre Alten, damit sie in Zukunft Ställe ausmisten um damit weiter zu leben. Oder ich werfe sie einfach ins Meer und lasse sie ersaufen. Sie dürfen es auswählen. Mist, oder Tod. Ich Ramos bin nun ihr Herr, Herr über Leben und Tod, ich bin der göttliche Ramos. „Ich"

Küste von Malta (Bild: Paul Cezanne)

Bei Danio und Ada de Rose

Prinzessin Stella und ihre Begleiter erreichen unter Führung von Toto und Juliano das bäuerliche Anwesen von Danio de Rose und seiner Frau Ada, diese bereitet *„Mpanata"* eine Speise aus Ricotta, warmer Molke und Alt Brot in großer Menge zu.

Mpanata

Beide begrüßen die Ankömmlinge sehr herzlich und laden sie ein ihr Mahl mit ihnen zu teilen. Ada ist erfreut riesige Mengen, wie damals kochen zu dürfen, als sie viele Münder ihres sehr großen Bauerngutes stopfen musste.

Satt, müde und voller Freude legen sich die meisten von den Flüchtigen zu Boden und schlafen sofort ein.

Toni und Nobo sitzen etwas abseits, sprechen über ihre momentane Lage. Nobo ist sehr nachdenklich, sagt:

„Ich denke, es ist nicht vorbei, es fängt erst an"

Toni nickt zustimmend und auch Stella die hinzu kam stimmt den Worten von Norberto zu. Aber was können wir tun außer warten? Sie entscheiden sich hier zwei oder drei Wochen zu verbleiben, und ihren Gastgebern bei ihrer Arbeit zu helfen.

Diese sind begeistert über die Hilfe, ihr doch etwas zerfallener Hof wird renoviert. Dächer aller Scheunen werden abgedichtet, Ställe einiger Tiere ausgemistet und mit Stroh ausgelegt.

Mädchen stellen Ziegenkäse und von gesammelten Beeren Marmelade her, so wie sie es von ihren Müttern gelernt haben. Nobo fängt mit einem alten Netz, das er in einem Stall gefunden hat, Fische in einem nahegelegenen See. Diese werden filetiert, mit Salz eingerieben und getrocknet. Sie alle helfen Ada und Danio um ihre Dankbarkeit hier aufgenommen worden zu sein, zu zeigen. Aber ihre Sehnsucht nach daheim wird von Tag zu Tag stärker! Einige der Kinder rufen nachts im Traum nach ihren Eltern. Prinzessin Stella versucht zu trösten, ist aber oft den Tränen nahe.

Danach werden neue Besprechungen abgehalten. Nobo sagt wir müssen warten. Laut seiner Über - zeugung wird irgendwie eine Nachricht kommen die eine Rückkehr auf ihre Insel ermöglicht. Toto und Toni stimmen dem zu, obwohl einige ihrer Freunde lieber heute als morgen zurück in die Heimat möchten, was aber zum jetzigen Zeitpunkt nicht möglich ist. Sie alle müssen bleiben trotz großem Heimweh und vielen Tränen. Melinda tröstet die Kinder mit den Worten:

„Der Tag der Heimkehr wird kommen, bald"

Gaspare

Müde und total erschöpft erreicht Gaspare die Sila
Berge. Durch Auskunft einiger dort ansässigen
Menschen, erfährt er wo sich Stella und alle
anderen aufhalten. Hunger und Durst quält ihn. Er
blutet aus vielen Wunden. Seine Füße sind voller
Blasen. Eine innerliche Stimme treibt ihn an:

„ Geh, Gaspare geh "

 Mit letzter Kraft schleppt er sich zum Hof von
Danio de Rose.
Stella erkennt ihn sofort, ruft Gaspare, Gaspare
was ist geschehen. Dieser fällt kraftlos zu Boden.
Alle eilen sofort zu ihm, kaum verständlich spricht
er. Das Königspaar wurde von „Ihm" gefangen und
verschleppt. Jener der sich Ramos nennt gab mir
den Auftrag, dir liebe Stella dies mitzuteilen. Auf
der Insel Malta wartet er auf dich.
Deine Eltern, wären nun sein Pfand, solltest du
nicht zu ihm kommen, würdest du die Eltern nicht
mehr sehen. Er, Ramos will dich unbedingt haben.

Stella ist verzweifelt und ruft. Ich gehe sofort. Schnell, bitte Nobo, Toni und alle anderen helft mir………..Bitte!

Immer langsam sagt Nobo, klar wir gehen mit. Aber wir müssen es nicht übereilen, dieser Ramos ist nicht dumm, er will uns zu unüberlegtem Handeln zwingen.
Morgen früh machen wir uns auf den Weg und kehren heim. Zuerst nach Messana. Ernesto wird uns helfen, denn mit Fischerbooten ist eine Fahrt nach Malta nicht möglich. Stella ist sehr erregt, sagt wir müssen sie sehr schnell befreien. Reden allein bringt nichts! Willst du schwimmen fragt Toni? Nein natürlich nicht, gut wir gehen als erstes zu Ernesto nach Messana. Alle anderen sind einverstanden, verabschieden sich von Danio und von Ada die einige Tränen nicht verbergen kann. Gaspare bleibt mit den jüngeren Kindern zurück bei Danio und Ada die darüber sehr erfreut sind. Als die Kinder zu weinen beginnen verspricht, Toto, wenn wir diesen Ramos, zum Teufel gejagt haben, hole ich euch alle persönlich hier ab so wahr ich Toto heiße. Wenn Toto dies sagt wissen alle, dass er es genau, so machen wird.

Die Rückkehr nach Messana zehrt an den Kräften aller, bei Ruhepausen treibt Stella sie an, um schneller zu gehen. Doch auch sie verlassen nach fast drei Tagen die Kräfte und schläft fünfzehn Stunden am Stück. Nobo lässt sie schlafen, er selbst erkundet die Umgebung um einer möglichen Falle des Ramos zu entgehen.

Als Stella nach den Erwachen erkennt, dass sie viele Stunden geschlafen hat, macht sie den Begleitern Vorwürfe sie nicht geweckt zu haben. Nach der ersten Erregung erkennt auch sie, dass diese lange Pause für alle von Nöten war!

Bild: Pietro Antonio Rotari

Die Reise nach Malta

Tage später erreichen die Freunde Messana. Allen voran Stella, die es kaum erwarten konnte. Nobo und Toni besprechen mit Ernesto wie man unauffällig Malta erreichen kann. Als ich ein junger Bursche war sagt Ernesto bin ich mit Nobos Vater und einigen guten Freunden in speziellen kleinen Segelbooten nach Malta gesegelt. Es ist schwierig aber machbar. Einige dieser Boote sind noch vorhanden. Das Problem wird sein, dass Ramos mit seinen Schiffen die Insel umrundet und auf euch wartet.

Ich werde mit meinen Söhnen dabei sein. Wir müssen versuchen die Klippen von Dingli zu erreichen und unsere Boote in einer vom Meer nicht einsehbaren Bucht verstecken. Lasst uns aber erst nach den Booten sehen ob diese noch für die Fahrt geeignet sind. Voller Zuversicht werden Boote sowie zugehörige Segel inspiziert.

Stella die immer anwesend ist will natürlich unbedingt bei der möglichen Befreiung ihrer Eltern anwesend sein. Ernesto der in alten Zeiten als bester Segler galt, übernimmt das Kommando und bestimmt folgendes.

Im größten Boot segeln Stella und ich. Weiterhin werden meine beiden Söhne, Nobo, Toni, Giorgio und Toto in je einem Boot segeln. Er reckt einen Finger zum Himmel und sagt in zwei Stunden segeln wir.

Bild: Vincent Willem van Gogh

Ramos und seine Piraten verlassen am heutigen
 St. Paul´s Bay mit den Gefangenen ihre Schiffe
und quartieren sich in einem nahegelegenen Ort
ein. Die Bewohner werden mit Knüppeln
geschlagen und aus ihrem Dorf verjagt. Einer der
Schläger von Ramos schreit lauthals, Haut ab,
wenn „ER" die Prinzessin Stella hat gehen wir,
und euer Dorf ist dann wieder euer Dorf. Jake und
Ben die sich wehren wollten, werden brutal zu
Boden geschlagen. Sie fliehen und erreichen mit
letzter Kraft das sichere Hinterland. Ben der einst
im Haus der Familie Santo nach einem Unfall
gesund gepflegt wurde, weiß nun was das Ziel von
Ramos und seiner Mörderbande ist.
Als er zu dem erfährt, dass König Santo und seine
Frau von Ramos gefangen gehalten werden, wird
ihm klar, dass Stella kommen wird um ihre Eltern
zu befreien.
Jake sagt, wenn ich sie wäre, würde ich zu den
Dingli Klippen segeln und von dort aus versuchen
Mutter und Vater und die anderen Gefangenen zu
befreien. Lass uns gemeinsam dort hingehen um
ihr irgendwie zu helfen. Sofort machen sie sich auf
den Weg.

Ernesto, Stella und ihre Begleiter erreichen trotz sehr unruhigem Meer und turmhohen Wellen die Klippen von Dingli, gekonnt steuern sie ihre Boote in eine kleine felsenumgebene Bucht die absolut von der Meerseite nicht zu erkennen ist. Segel werden schnell eingezogen, und alles wird gesichert. Beim Anblick der hohen Klippen die nun überwunden werden müssen, sagt Toni, der viele Tage und Wochen kletternd seinen Freund Etna erkundet hat, ich gehe hoch und werfe für euch ein Seil in die Tiefe, damit auch ihr gemütlich nach oben kommen könnt. Nobo lacht, und von wem bekommst du ein Seil? Verdammt sagt Toni, das haben wir vergessen. Nobo geht zu seinem Boot, holt ein langes zusammengelegtes Seil heraus und gibt es Toni.

Der schlägt Norberto freundschaftlich auf die Schulter und antwortet, wenn wir dich nicht hätten, wäre kein Seil da, aber auch dein Grinsen wäre nicht da. Beide nehmen sich in die Arme und lachen gemeinsam. Danach macht er sich an den Aufstieg. Alle anderen sind über die Kletterkünste von ihrem Freund Toni erstaunt.

Dingli Klippen (nosch)

Als Toni fast oben angelangt ist wird er von zwei Helfern über den Rand der Felswand gezogen, Keine Angst wir sind Jake und Ben wollen euch helfen so wie ihr einst mir geholfen habt, sagt Ben.

Wir sind Freunde der Familie Santo und wissen weshalb ihr nach Malta gekommen seid.
Außerdem haben die Schlächter von Ramos unser Dorf überfallen und alle Bewohner verjagt.
Toni erinnert sich, dass damals ein Schiffbrüchiger von Fischern gerettet, und von der Familie Santo gesund gepflegt wurde. Er befestigt das Seil an einem Felsen, wirft das andere Ende hinunter und alle außer Ernesto, der an Höhenangst leidet, überwinden die anderen diese hohe Felsenwand. Trotz allergrößtem Respekt und Überwindung nicht nach unten zu sehen, schaffen sie den Aufstieg an Nobos mitgebrachtem Seil. Als sie sehen, dass auch Stella problemlos nach oben klettert, steigt die Achtung vor ihr und ihrer Leistung immer mehr. Trotzdem wirft sie sich nach der Überwindung der Klippe zu Boden und atmet schwer.

Nach wenigen Minuten erhebt sie sich sagt: Was glotzt ihr so, ich bin oben wie ihr auch!

Stella erkennt Ben, der in alten Zeiten zu Gast in ihrem Haus am Lago di Perguso war, dankt ihm herzlich für seine Hilfe. Nach kurzer Zeit bewegt sich das Seil und eine Stimme ruft, verdammt noch mal zieht mich hoch, ich kann euch Kinder nicht alleine lassen, wer weiß ob ihr alles richtig macht. Ernestos Söhne sehen sich an, freuen sich, dass der Vater nun endlich seine große Angst vor Höhen überwunden hat.

Jake und Ben berichten, dass sich die Bande von Ramos ihr Dorf, zu seinem gemacht und alle Bewohner vertrieben hat, Ramos selbst aber nicht anwesend war. Sie denken, dass ihn ein Getreuer irgendwo versteckt hat. Die Entführten sollen sich all samt im sicheren Gefängnisturm von Mellieha befinden.
Eine Befreiung aus diesem Turm scheint unmöglich zu sein. Stella bietet sich für einen Austausch an, der aber von allen strikt abgelehnt wird.

Die Befreiung!

Nobo, Toni und Stella begeben sich nach Mellieha Toto mit Jake und Ben in ihr Dorf das von den Kriegern des Ramos beherrscht wird. Ernesto und seine Söhne versuchen den Hafen zu erreichen wo die Schiffe des Ramos geankert haben. Giorgio sichert in den Klippen die Rückkehr der Freunde. In fünf Tagen kehren wir alle zurück sagt Nobo, zumindest versuchen wir es.

Durch die Hilfe der einheimischen Bewohner erfahren sie, dass sich Ramos auf der zu Malta gehörenden Insel Gozo befindet und nicht in das Geschehen eingreifen kann. Währen sich Toto und seine maltesischen Freunde über Wege die nur wenigen bekannt sind sich dem Dorf, das nun von den Horden des Ramos belagert wird nähern, erreichen Stella, Nobo und Toni den Turm in dem das Königspaar und viele andere gefangen gehalten werden. Komischerweise wird der Turm nur durch zwei Krieger von Ramos gesichert. Stella ist der Meinung sofort beide außer Gefecht zu setzen um ihre Eltern zu befreien. Toni hat ein seltsames Gefühl, er sagt lasst uns noch etwas warten und das

Geschehen beobachten. Als sie jedoch erkennen, dass es sich bei den sogenannten Gefangenen nur um Krieger von Ramos handelt, ziehen sie sich leise und unbemerkt zurück. Es war eine Falle die zum Glück von Tonis Bauchgefühl erkannt wurde. Im Wissen, dass Ramos sie auf leichte Art gefangen nehmen wollte, ist in Zukunft höchste Vorsicht geboten.

Toto, Jake und Ben sehen als einzige Möglichkeit, dass der ehemalige und nun vertriebene Wirt einige Fässer Wein der Bande zur Verfügung stellt. Unterwürfig nähert er sich ihnen, zeigt den Piraten das Versteck des Weines. Nach dem Singen ihrer Kampflieder schlafen sie völlig benebelt ein. Viele der ehemaligen Dorfbewohner helfen nun mit, die Betrunkenen zu fesseln und sie in ihren Kellern einzuschließen. Außerdem werden die Türen mit drei Balken abgesichert so, dass ein Entkommen unmöglich ist. Natürlich wird durch einen kleinen Spalt, ab und zu Wasser und etwas Brot geschoben obwohl einige der Meinung sind, dass diese Mordbande es nicht verdient hätte!

Ernesto und seine Söhne die fast zwei Minuten unter Wasser aushalten, tauchen unbemerkt zu den Schiffen des Ramos und versuchen die Schiffe zu beschädigen.

Nach einigen anstrengenden Stunden konnten sie an jedem der drei vor Anker liegenden Schiffe eine Planke entfernen, so dass diese ganz langsam versinken. Als die Wachen dies bemerken ist es bereits zu spät, sie springen über Bord und retten sich in einem Beiboot an Land. Aus Angst vor der Rache des Ramos flüchten sie mit dem kleinen Boot und wurden nie mehr gesehen,

Bild: Martinus Christian Wesseltoft Rørbye

Ramos, der sich auf der kleinen Insel Gozo absolut in Sicherheit fühlt, von dem Versagen seiner Männer erfährt, gerät er in Rage, tobt und schreit, schlägt einige seiner bisher unbesiegbaren Horde brutal zu Boden. Voller Angst um ihr Leben begeben sich diese auf eines der Schiffe und verschwinden in der Nacht lautlos.

Ramos der nun fast die Hälfte seiner bisherigen Mannschaft verloren hat befiehlt, dass nun ein Schiff Gozo umrunden soll und sofort zu berichten hat wenn sich etwas, egal was, der Insel nähert. Die gesamte Schiffsbesatzung entfernt sich schnell, um dem Befehl nachzukommen. Das größte, meist von ihm selbst benutzte Schiff bleibt in einer geschützten Bucht liegen, wird aber von vielen Kriegern bewacht. Es ist absolut unmöglich, dass man sich dem von Ramos bevorzugtem Schiff nähern kann. Aus Angst vor Bestrafung sind und bleiben die Wächter bei Tag und Nacht überaus aufmerksam. Jeder der sich etwa einhundert Schritt nähert wird überprüft und dann verjagt. Ja die Bande ist vorsichtig geworden, sehr vorsichtig.

Nach fünf Tagen kehren die Freunde mit Stella zum vorab besprochenen, von Giorgio bewachten Ausgangsort zurück. Sie berichten gegenseitig von dem erlebten. Ernesto sagt: Drei ihrer Schiffe liegen auf dem Grund des Meeres, wir aber müssen nach Gozo zu Ramos und den Gefangenen. Es gibt keine andere Möglichkeit die Gefangenen zu retten

Er zwinkert mit den Augen, erklärt allen wie man dies erreichen könnte. Zuerst steigen wir an Nobos Seil hinab zum Strand, wenn alle außer Toni unten sind, entfernt er es, wirft das Seil herab und klettert nach unten. In der Nacht werde ich dann versuchen mit meinem Segelboot das Schiff zu erreichen welches Gozo und Ramos vor unserem Besuch warnen soll. Dann tauche ich zu dem Steuerruder und verklemme es. Das Wachschiff von Ramos wird etwa nach drei Stunden hier stranden. Dann seid bereit, kapert das Schiff und kämpft. Kämpft so wie ihr in eurem Leben noch nie gekämpft habt, für Königin und König, für Stella für uns und für unsere Heimat. Nobo nickt, sagt:

So soll es sein, so wird es sein!

Hassan, Kapitän und Steuermann bemerkt, dass ihr Schiff plötzlich nicht mehr zu steuern ist. Denkt, dass das Steuerruder irgendwie klemmt. Keine Sorge sagt er zu Mannschaft, morgen in aller Frühe werden wir den Fehler abstellen. Wir treiben in Richtung Strand, Legt euch nieder, schlaft etwas.

Als Hassan und seine Mannen durch Geräusche aus dem Schlaf erwachen, sind sie bereits an ihrem Schlaflager gefesselt, werden im Lagerraum ein geschlossen so dass es kein Entkommen gibt! Nobo und seine Freunde wurden durch schnellem, geplanten handeln Besitzer eines der Schiffe des Ramos. Noch im Morgengrauen segeln sie zur Küste von Gozo. In der kommenden Nacht wollen sie alle Gefangenen des Ramos befreien. Legt euch nieder und schlaft einige Stunden sagt Ernesto, denn für uns wird die Nacht zum Tag! Wir müssen wach, aufmerksam und vorsichtig sein um unser gefährliches Vorhaben, die Santos und alle anderen Gefangenen befreien zu können. Da aber mein linker Daumen kribbelt, weiß ich, dass wir das hin bekommen werden. Wir sind mutig und stolz.

Einige Zeit später verlässt Stella das Schiff, bietet sich bei Ramos als Geisel an um ihre Eltern zu retten. Als dieser sie sieht, lacht er lauthals, sagt: „Endlich, endlich habe ich dich". Mein Ziel ist nun erreicht. Du wirst mit mir kommen müssen, meine Prinzessin. Ich werde dich mit Juwelen und Gold überschütten, du bist nun meine Königin, Endlich! Sofort befiehlt er seinen Handlangern sein Schiff zur Heimreise klar zu machen und verschwindet mit ihr im abendlichen Sonnenuntergang. Alle seine Gefangenen werden frei gelassen und sich selbst überlassen.

„accidenti" (verdammt) schreit Toni und weckt damit seine Begleiter aus dem Halbschlaf. Sie ist weg. Ihr verdammter Eigensinn hat all unsere Pläne zerstört, ich glaube es nicht, sie ist einfach ohne Absprache mit uns gegangen. Die ganzen Anstrengungen der vielen letzten Wochen um sonst, einfach umsonst. Ich rege mich auf, weil ich mich aufregen will. Die anderen stehen etwas betroffen dabei, fragen sich selbst was nun wird. Ernesto sagt nur: „Weiber, immer diese Weiber"

Nobo wird sofort klar, dass Prinzessin Stella sich Ramos ergeben hat. Seine Gesichtsfarbe ändert sich in ein dunkles rot.

Nach einiger Zeit des Suchens entdecken sie in der Umgebung, König Liborio seine Frau Giovanna und alle anderen die verschleppt und danach von Ramos dem Schrecklichen gefangen gehalten wurden. Sie berichten, dass „Er" mit Stella auf dem Weg nach Tunis ist. Eine Verfolgung und ein Versuch Stella zu befreien würde der Tod aller sein. Er würde jedem die Haut persönlich abziehen

Man hätte ihr öfter mal den Hintern versohlen müssen sagt Nobo zum König der diesen Worten absolut zustimmt. Klar antwortet er aber sie ist unsere Prinzessin, wir sahen sie bisher immer nur als unser kleines liebes Mädchen. Was können wir nur tun um ihr solch ein schlimmes Schicksal zu ersparen? Wir holen sie da raus. So wahr, ich Norberto Marino heiße. Toni nickt und sagt „Klar" Ich bin dabei, denn ohne mich und alle anderen Freunde, würden wir solch eine neue Aufgabe nicht bestehen. Giovanna sagt nur Danke euch allen. Ich weiß, dass ihr Stella gesund zurück bringt

Heimkehr und Aufbruch nach Tunis

Entschlossen und doch voller Hoffnung einst die Prinzessin einst aus der Gewalt von Ramos dem Schrecklichen befreien zu können, segeln sie in ihre Heimat zurück.

Das Königspaar kehrt zurück zum schönen Lago di Pergusa, voller Sorge um ihre geliebte Tochter Stella.

Toto begibt sich auf den Weg in die Sila Berge um wie versprochen Gaspare, Kinder und Jugendliche zurück in ihr Inselparadies zu holen. Nobo und sein Freund Toni schmieden Pläne zur Befreiung von Stella.

Jene die vor Ramos und seinen Mordbande in Höhlen Schutz suchten, versuchen ihre alten Häuser aus teilweise verkohlen Balken und Brettern wieder aufzubauen. Nach einem Nach – denken verwenden sie nun auch Steine die passgenau zu Mauern errichtet werden. Türen und Fenster werden ausgespart. Für die Dächer ist Holz aus den Pinienwäldern zur Genüge vorhanden. Danach wird alles mit Lehm abgedichtet. Ein gutes neues Heim für jeden, ist gemeinsames Ziel.

Pinienwald Bild: <u>Tbachner</u>

Nobo und Toni überlegen wie sie nach Tunis gelangen und Stella aus den Krallen von Ramos befreien können. Ernesto gibt Ratschläge, hat aber wenig Hoffnung, dass es gelingen kann.
Jake und Ben sind der Meinung, dass nachdenken nichts nützt sondern handeln wichtig wäre! Nobo sagt plötzlich, Toni, Jake, Ben und ich segeln mit dem Schiff von Ramos nach Malta.

Dort finden wir mit Sicherheit einige erfahrene Helfer die bereit sind uns mit dem Segler nach Tunis zu bringen! Ben stimmt sofort zu.

Auch Toni nickt zustimmend und sagt: Auf geht's Jungs, packen wir es an. Die Zeit des Denkens ist ab nun vorbei, wir brechen auf. Ramos wir kommen um Stella zu holen und um dich der Hölle näher zu bringen!
Am frühen Morgen des folgenden Tages segeln sie ohne Abschied in Richtung Malta in der Hoffnung dort einige Helfer gewinnen zu können.
Jake und Ben erklären sich bereit, auf Malta alte Freunde zu gewinnen, um eine Fahrt nach Tunis problemlos und sicher für alle durchzuführen. Gut, dass die beiden ihre Freunde sind.

Tage später nach ihrer Ankunft sind acht Männer bereit sie an die Küste von Tunis zu bringen, möchten aber danach sofort zurückkehren. Nobo und Toni stimmen dem sofort zu, denn viele Ankömmlinge würden zu sehr auffallen. Trotz stürmischer See mit sehr hohen Wellen kommen alle an der tunesischen Küste an.

Jake und Ben wollen mit ins Landesinnere was aber von Nobo mit folgenden Worten abgelehnt wird. Wir danken euch sehr für die Hilfe und Freundschaft die ihr uns entgegen gebracht habt, aber vier fallen mehr auf als zwei.

Wir sehen uns irgendwann wieder und Stella wird dabei sein. Auf bald liebe Freunde und auf gutes Gelingen. Mit einer kurzen Umarmung, und einem letztem Gruß stapfen Nobo und Toni durch den nassen, schweren Sand in Richtung Felsenküste.

Nobos Fußabdruck (Bild: RolandUnger)

Jake und Ben bleiben trotzdem zurück das jedoch nicht bemerkt wird! Ben sagt, bald werden sie froh sein, dass wir beide geblieben sind um irgendwann zu helfen Jake antwortet nur, Klar, irgendwann!

Küste von Tunis

Ramos lässt von einem seiner Vasallen, Stella in sein feudales mit Gold und Juwelen geschmücktes Zimmer bringen, Er erklärt ihr, dass er sie in genau einundzwanzig Tagen zur Frau nehmen wird. Sie sagt ihm, dies wird nie geschehen denn du bist ein Pirat ohne Gewissen und Ehre. Ramos lacht, wer will mich daran hindern. Keiner ist da und keiner kommt. Nun bereut Prinzessin Stella ihren Fehler sich dem Ramos ausgeliefert zu haben. Ramos erkennt die Tränen in Stellas Augen schwört, dass sie es bei ihm gut haben wird. Er befiehlt, führt sie zurück in meinen Harem denn bald ist sie mein. Beran eine Frau mit Haaren wie Gold führt sie in einen Raum in dem sich ein Bad, wie es Stella noch nie im Leben sah, befindet. Sie erklärt ihr, dass sie nun als neue Frau von Ramos alles erhält was sie sich nur wünscht. Stella fragt Beran, wie kamst du zu ihm und wo kommst du her. So wie du Stella, er hat mich geraubt nachdem er meine Eltern im Turm verhungern ließ. Ich hasse ihn aber ich zeige es ihm nicht! Einer wird kommen um ihn zu vernichten! Stella schweigt, denn sie weiß noch nicht ob Beran eine Spionin von Ramos ist! Auch sie hofft, dass er kommt und sie befreit.

Beran sagt, vertraue nie den Worten von Estefania und Ariola denn sie sind böse, mehr noch als Ramos selbst.

Drei Tage sind nun schon vergangen ohne die geringste Hoffnung, dass sie befreit wird. Stellas Vertrauen zu Beran wächst von Tag zu Tag immer mehr, denn sie ist immer an ihrer Seite und hilft ihr in jeder schwierigen Lage. Elf Tage sind nun bereits vergangen, mit jedem weiteren Tag als Gefangene schwindet das hoffen auf Freiheit und Rückkehr auf ihre Insel und zu den Eltern!

Wach auf Toni es ist taghell, sehe dort am Fuß des kleinen Berges dies große Anwesen, Weiße Häuser mit Türmen und wunderbaren Fenstern die wie Gold glänzen. Sehe aber auch die vielen Wächter mit ihren gebogenen Schwertern. Dort ist Stella gefangen, ich spüre es! Das denke ich auch erwidert er aber wie kommen wir in diese Festung hinein. Bitte lasse uns etwas einfallen. Nobo sieht auf dem kleinen Berg einige große Felsen die sich sehr nahe oberhalb des größten Hauses befinden.

Urheber Foto "Beige Alert" – Michael Pereckas"

Wenn diese herunterrollen entsteht ein Chaos das uns eventuell ermöglicht Stella zu befreien! Sofort begeben sich die beiden Freunde auf den Weg um zu erkunden ob es möglich ist diese, gewaltigen Felsblöcke zu bewegen und ins Rollen zu bringen.

Dort angekommen sagt Toni, wir fällen zwei dicke Bäume die wir unter die großen Felsspalten klemmen und unterlegen den Baumstamm mit kleineren Felsenbrocken. Dann versuchen wir mit all unserer Kraft, Felsenteile auf das Anwesen von Ramos hinab zu stürzen. Nobo fragt und dies soll einfach so funktionieren mit unserer Kraft? Klar sagt Toni, es ist wie ein Hebel der unsere eigene Kraft um das vielfache erhöht.

Woher weißt du das alles? Fragt Nobo. Toni antwortet während du am Tag einige Fische gefangen hast habe ich manche Dinge ausprobiert. Stimmt Toni aber wenn ich keine Fische gefangen hätte, wärst du vor Hunger gestorben und hättest keine Möglichkeit gehabt Dinge auszuprobieren! Die beiden Freunde lachen!

Es wird nach Tonis Angaben alles vorbereitet, beide versuchen mit all ihrer Kraft am hinteren Ende des Stammes die riesigen Blöcke zu bewegen Nobo spürt ein leichtes ruckeln des Felsens und bemerkt, dass der ins Rollen gerät. Sofort eilt er Toni zu Hilfe, dass auch der zweite Brocken ins Tal rollt.

Wie vorab angenommen entsteht in dem großen fürstlichen Haus von Ramos ein furchtbares Chaos! Alle Bewohner fliehen: Nur weg und in Sicherheit! Auch Ramos flieht aus seinen goldenen fürstlichen Gemächern. Sucht Stella, findet sie aber nicht und rettet sich selbst.

Beran hilft Stella und beide fliehen aus dem Bereich der von Ramos lange Zeit beherrscht wurde. Kurze Zeit später erkennt die Prinzessin, dass zwei Männer sie verfolgen und ruft voller Freude. „Nobo, Toni!" Sie sind es, danke, danke, dass ihr hier seid! Nach dieser Wiedersehensfreude mahnt Nobo schnellstens zu verschwinden, und den Hafen von Tunis zu erreichen. Vielleicht ist es möglich, von dort nach Hause zurück kehren zu können. Nach einiger Zeit, dort angekommen erkennen sie, dass das große Schiff von Ramos unbewacht vor Anker liegt.

Sie springen ins Wasser um das Schiff in Besitz zu nehmen. Toni sieht, dass Beran zurückbleibt. Sie ruft ich kann nicht schwimmen. Spring ruft Toni ich bin da. Er ergreift sie und schwimmt mit ihr zum Schiff. Auch zwei andere schwimmen zum Schiff des Ramos. Als Nobo erkennt, dass es sich um Jake und Ben handelt möchte er voller Freude lauthals jubeln.

An einer Strickleiter, die von Ramos Mannschaft vergessen wurde an Deck zu holen, klettern sie nach oben. Sofort danach setzen sie mit Hilfe ihrer Freunde Jake und Ben eines der drei Segel und fahren langsam aus dem Hafen von Tunis.

Ramos tobt, er ist außer sich. Wie konnte das geschehen. Als er nach der Verfolgung der Flüchtenden im Hafen von Tunis bemerkt, dass Stella und ihre Begleiter mit seinem Paradeschiff auf der Flucht sind, steigert sich sein Zorn ins unermessliche. Sofort bestimmt er eine neue Mannschaft um den Flüchtlingen zu folgen. Kamil wird zum Unterführer benannt. Er erinnert sich an die Worte, welche von Tonis Vater vor einiger Zeit gesprochen wurden.

Innerlich macht sich Angst in seinem Herzen breit. Aber was soll schon geschehen redet er sich ein. Mit einem Schiff, das der Familie des ehemaligen Fürsten Efram gehört, nimmt Ramos die Verfolgung auf!

Voller Zorn schlägt er mit einer Peitsche auf jene ein, die nach seiner Meinung nicht schnell genug sind um Stella zu folgen. Kurz vor der Ausfahrt des Hafens von Tunis springen sieben Männer von Bord und bringen sich schnell schwimmend in Sicherheit, was den Zorn des Ramos immer weiter steigert. Er schwört, dass diese alle nach seiner Rückkehr umgebracht werden. Ramos ist dem Wahnsinn nahe und benimmt sich auch so.

Prinzessin Stella und ihre Freunde arbeiten hart um alle drei Segel zu setzen. Nobo übernimmt danach das Ruder. Ohne Probleme steuert er das Schiff vorbei an Malta in Richtung ihrer Heimatinsel. In der Ferne erkennen sie die Segel ihrer Verfolger. Kurze Zeit später sehen alle den leuchtenden und blutroten Feuerschein der den Etna umgibt. Toni sagt seht, er spricht mit mir. Wir müssen zu ihm. Er wird uns helfen. Unsere Freiheit und die Freiheit aller, ist nah. Danke Vater Etna, Danke! Verwundert blicken die Freunde auf Toni, woher weißt du das? Wie ich schon sagte, er ist mein Freund! Wir sollen zu ihm kommen, er beschützt uns.

Als die Inselbewohner, Ramos Schiff sehen bewaffnen sie sich mit Steinen und langen Ruten, lieber kämpfen und tot sein, als weitere schlimme Erniedrigungen des Ramos zu ertragen.

Sie versammeln sich am vorhersehbaren Anlegeplatz, machen sich mit Gesten und Worten Mut um den „Bösen" zum Teufel zu jagen. Ein alter Fischer, namens Savio ruft laut, komm zu mir Ramos damit ich dir deinen Hals nach hinten drehen kann. Alle lachen zu diesen Worten, denn Savio ist weit über achtzig Jahre alt!

Plötzlich bricht großer Jubel aus, denn jeder sieht, dass Stella und ihre Befreier an Bord des Schiffes sind, und dieses schnell verlassen. Große Freude unter all den Anwesenden, werden durch Umarmung sowie Schulterklopfen bezeugt.

Der alte Savio sagt, geht zu unserem Vater Etna, denn er ist bereit zum Kampf gegen Ramos und seine Horde. Er wird ihn vernichten!

Bild; Alessandro D'Anna (1746-1810)

Toni stimmt den Worten von Savio zu. Es wird auf der Meeresseite ein gewaltiger Ausbruch statt - finden. Gegenüberliegend wird nur wenig sein, Ein wenig Glut und Rauch. Deshalb besteigen wir ihn auf der Seite des Meeres. Wenn Ramos und seine Mörder uns nahe genug sind, fliehen wir über einen Weg den nur ich kenne auf die andere Seite! Ramos wird seine Strafe erhalten. So soll es sein, antwortet Nobo. Toni wird uns führen! Dieser grinst und antwortet, Darauf habe ich schon als Kind gewartet, denn bisher war immer nur Nobo der Anführer. Nobo antwortet lachend:

„Lieber Freund Toni, einmal ist keinmal"

Danach bereiten sie sich auf den Aufstieg vor und gehen zusammen in Richtung des Vulkans. Stella, Nobo, Toni, Jake und Ben werden mit guten Wünschen verabschiedet um dieses allerletzte Abenteuer mit einer guten Rückkehr zu bestehen.

Ramos geht etwa drei Stunden später vor Anker.
Schnell begeben sich er und seine Männer in das
Dorf von Savio. Nach einigen Hieben mit seiner
Peitsche erklären ihm, die Menschen den Weg
wohin Stella mit den ihren Begleitern geflohen ist.
Ramos lacht, sagt zu seinen Kämpfern was doch so
eine Peitsche, bei richtiger Anwendung wert ist.
Savio der auch einige Peitschenhiebe erhalten hat
sagt leise und lächelnd: „auf Nimmerwiedersehen"
du elender Mörder.

Am Vulkan angekommen beginnt die Bande den
Aufstieg. Ihr Weg führt über verkohlte Lavareste
die manchem das Atmen schwer macht. Ramos
treibt seine Männer unerbittlich weiter. Seht hin,
der Feuerberg bricht auf der anderen Seite aus.
Keine Sorge je schneller wir Stella haben, desto
schneller sind wir wieder unten. Als sie freie Sicht
nach oben haben, sehen alle die Fliehenden. Einer
von Ramos Bandenmitgliedern schätzt den
Vorsprung der Verfolgten auf etwa eine Stunde.
Wegen der Staubentwicklung ist ein weiteres
Erkennen von Stella und den anderen fast nicht
mehr möglich. Ramos sieht aber keine Gefahr,
dass er sein Ziel nicht erreichen könnte.

Als ein lautes Grollen des Etna ertönt sind Toni, und Nobo als erste an der kaum erkennbaren Abzweigung angekommen. Ihr weiterer Weg der weder von oben noch von unten einsehbar ist, führt sie nun auf die Seite wo Vater Etna nur noch leichtes Geröll ausstößt.

Ein stärker werdendes Grollen, Feuerblitze und glühende Brocken schleudert der Vulkan auf die Meerseite! Toni sagt zu Nobo, er ist unser Freund er rettet uns alle. Dann ein lautes Krachen, die Erde bebt, gewaltige glühende Brocken werden zu Tal geschleudert. Einige davon fallen mit lautem Zischen in das Meer.

Als Kamil bemerkt, dass glühende Steine mit großer Wucht, auf ihn und auf die Bande von Ramos, fallen werden, ist sein letzter Gedanke:

„Ich verfluche dich Ramos, und alles was wir in deinem Namen getan haben"

Danach wird er von einem großen rotglühenden Brocken getroffen und stirbt. Ramos schreit laut, flieht, schnell zurück, doch es ist zu spät. Sie alle werden vom Feuerberg für ihre Taten bestraft!

Minuten danach stößt Vater Etna zum Zeichen des Sieges einen gewaltig leuchtenden Funkenregen zum Himmel und beruhigt sich danach sofort.

Savio der das Geschehen aus der Ferne beobachtet hat sagt voller Freude, das war es dann, sie sind gerettet und sind bald wieder hier. Großer Jubel herrscht, als Stella, Nobo, Toni, Jake und Ben mit rußgeschwärzten Gesichtern in das Dorf zurück – kehren. Nach einem prächtigen Mahl und auch einigen Gläsern Wein legen sie sich nieder und schlafen viele Stunden.

Natürlich werden König und Königin von einem Boten, über das Geschehen benachrichtigt. Erleichtert und voller Freude danken sie dem Überbringer für die wunderbare Nachricht. Ramos und seine Krieger wurden nicht mit Waffen, sondern mit dem Glauben an die eigene Stärke sowie Zusammenhalt aller Inselbewohner besiegt.

Ein Jahr später

Stella ist wieder zu Hause bei ihren Eltern und freut sich über die vielen Besuche von Nobo! Norberto der Fischer, fährt nicht mehr auf das Meer um zu fischen, er verbringt seine Zeit bei Stella und ihren Eltern, viele seiner Freunde scheinen zu wissen aus welchem Grund.
Außerdem gründet Nobo mit seinem Onkel Ernesto und mit dem Paradeschiff von Ramos, einen gemeinsamen, freundschaftlichen Weg zwischen Sicilia und Malta, um gewisse Waren auszutauschen! Jake und Ben werden zu tollen und gleichberechtigten Partnern.
Das Schiff der Fürstenfamilie Efram, mit dem Ramos, Stella und ihre Befreier verfolgte, wird zurück gegeben.
Toni und Beran bauen ein Haus am Fuße des Etna und leben dort glücklich und zufrieden.

Dieses Geschehen ist in Geschichtsbüchern nicht zu lesen, aber in alten Legenden und Erzählungen derer, die dabei waren ersichtlich!

Anmerkung von Stella und Norberto!

Liebe Leserin, lieber Leser

Deshalb sei auch „DU" bereit zu helfen, dass alle Menschen ohne Waffen und ohne Vorurteile, auf unserem Planeten in Würde und in Freiheit leben können und leben dürfen. Danke euch allen!

Denn oft ist Fantasie und das niederschreiben von Fantastischen Geschichten ein guter Weg, zum nachdenken über eine bessere Welt!

Weitere fantastische Geschichten.

 Sie kamen aus dem Eis

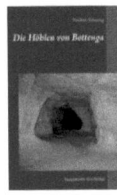 Die Höhlen von Bottenga

Oder die besten Gedichte.

 Freiheit und andere Dinge